MARIAROSA GUERRINI, O.S.A.

M'AIMES-TU ?

(3e édition)

ÉDITIONS DU SERVITEUR

Abbaye Notre-Dame
60138 — Chiry-Ourscamp

L'édition originale de ce livre
de S. Mariarosa Guerrini
a paru en 1984, à Rome, aux Editions Rogate,
sous le titre :

« Mi ami tu ? »

Version française : **Fr. Thierry de Roucy, S.J.M.**

Association des Amis des Serviteurs de Jésus et de Marie
Abbaye Notre-Dame
60138 — Chiry-Ourscamp
Tél. : 44.76.98.08

A TRAVERS LES PAGES TOUTES SIMPLES

DE CE LIVRE,

DES RELIGIEUSES AUGUSTINIENNES

ONT ESSAYÉ DE VOUS TRANSMETTRE

UN VISAGE SOURIANT

DE L' AMOUR VERITABLE.

ELLES SOUHAITENT

QUE VOUS SOYEZ ATTIRÉS PAR LUI

ET QUE VOUS DÉCOUVRIEZ

COMMENT ON AIME

QUAND ON AIME POUR DE BON.

PROLOGUE

Dans le cœur de tout homme
le Créateur
a inscrit un appel.
La réponse à cet appel
est le secret de la joie.
Pour certains,
l'appel est radical,
total,
jusqu'au don de la vie.

Ils en savent quelque chose
les Douze, les premiers !...
Par Pierre
qui a goûté
la joie ineffable (1 P. 1,8)
de ceux qui répondent «oui»,
nous avons fait décrire
l'aventure fascinante
de la vie à la SUITE de Jésus,
le contenu bouleversant
de Son enseignement

qui a transformé les Douze
- des gens simples et rudes -
en hommes prêts à tout,
libres et pacifiques,
colonnes de l'Eglise de Jésus
et de Sa Vérité.

L'histoire de Pierre
est l'histoire d'un amour passionné,
unique.

Un tel amour,
Jésus Lui-même l'avait exigé.
A cette seule condition
Pierre pourrait LE SUIVRE.
A cette seule condition
Il lui confierait
tous ceux
pour qui Il était venu
donner
Lui-même
Sa vie.

M'AIMES-TU plus que ceux-ci ?

oui, Seigneur, TU SAIS QUE JE T'AIME.

M'AIMES-
TU?

oui, Seigneur,
TU SAIS QUE
JE T'AIME.

M'AIMES-TU?

Seigneur, Tu sais tout ;
TU SAIS QUE JE T'AIME
Jn 21,15

TU ES PIERRE

et sur cette pierre
je bâtirai mon Eglise.

Mt 16,18

Je te donnerai
les clés
du ROYAUME
DES CIEUX
P
ROYAUME DES CIEUX

Tout ce que
tu lieras sur la terre
sera lié aux cieux

et tout ce que
tu délieras
sur la terre
sera délié
aux cieux.......
Mt 16,19

MAIS QUI ÉTAIT CE JÉSUS ?

LE SEIGNEUR
A ENVOYÉ SUR MOI
SON ESPRIT.

IL M'A CHOISI
POUR PORTER
AUX PAUVRES
LA BONNE NOUVELLE.
IL M'A ENVOYÉ
ANNONCER
AUX CAPTIFS
LA DÉLIVRANCE
ET AUX AVEUGLES
LA GUÉRISON.
IL M'A ENVOYÉ
LIBÉRER LES OPPRIMÉS
ET DIRE À TOUS
QUE LE TEMPS EST VENU
OÙ LE SEIGNEUR
VA SAUVER SON PEUPLE.

Lc 4,18

DERNIER TIRAGE
L'É-
VAN-
GILE

UNE NOUVELLE AUTOROUTE !
Elle reliera
la terre au ciel......
Jn 14,6
JE
SUIS
LA
VOIE

FINALEMENT
on a découvert le coupable!
Jn 14,6
JE SUIS LA VÉRITÉ

DERNIÈRES NOUVELLES!...
Au bout de 2000 ans, comment rester toujours jeune...
Jn 8,12
JE SUIS LA VIE

Jn 10,11
JE SUIS
LE
BON
PASTEUR
Bêêê...

DÉCOUVERTE SENSATIONNELLE !
L'humanité va sortir de la NUIT.....
Jn 8,12
JE SUIS LA LU-MIÈRE

L'APPEL

De mes propres yeux,
j'ai vu sa gloire (cf 2 P 1,16).

Il est passé par nos chemins
en nous annonçant une *nouvelle vie*.

Il nous a appelés des ténèbres
à son admirable lumière (cf 1 P 2,9).

Et nous, nous l'avons suivi.

Vous aussi,
tâchez de ne pas oublier
que Dieu vous a choisis
et qu'Il vous a appelés (2 P 1,3.10).

PIERRE
Apôtre de Jésus

MAÎTRE
OÙ HABITES-TU ?
Jn 1,38
VENEZ
ET VOYEZ !

ET ILS DEMEURÈRENT AUPRÈS DE LUI....

Jn 1,39

Mettons-nous, nous aussi,
à bâtir dans notre cœur
une maison où le Seigneur
puisse venir
nous enseigner
et s'entretenir avec nous.

S. AUGUSTIN, Com. Jn 7,8

PIERRE, ANDRÉ,
suivez-moi, je vous ferai pêcheurs d'hommes !

Et aussitôt, laissant nos filets, NOUS LE SUIVÎMES !
Mc 1,18

Un peu plus loin,
Il vit Jacques et Jean
Fiiiu!
...ET IL LES APPELA !
Mc 1,20

Eux, aussitôt,
laissant tout,
LE SUIVIRENT....
Mt 4,22

Il vit un homme, du nom de MATTHIEU, à son bureau de percepteur, et il lui dit :
SUIS-MOI !

Et lui se leva et le SUIVIT.
Mt 9,9

UN JOUR....

Il appela ses disciples
et en choisit douze
auxquels il donna le nom d'APÔTRES.
Lc 6,13

Il appela
ceux qu'Il portait dans son cœur,
ceux qu'Il avait choisis
selon son dessein.

C.M. MARTINI

IL NOUS A
APPELÉS POUR ÊTRE AVEC LUI !
cf. Mc 3,14

ÊTRE AVEC LUI

Nous devions voir
ce que Jésus faisait,
vivre avec Lui,
puis Le porter et Le reproduire :
nous devions reproduire
Sa Présence.

G.M. MARTINI

ET AUSSI
POUR NOUS ENVOYER PRÊCHER

cf. Mc 3,15

DIFFICILE ET FORMIDABLE : LE CATÉCHISME DE JÉSUS

Il commença à nous envoyer
deux par deux
annoncer le Royaume de Dieu
et Il nous dit :

Lc 9,2

Si, quelque part,
on ne vous reçoit pas
et on ne vous accueille pas
Mh.o.s.a

allez-vous en
et secouez la poussière
qui est sous vos pieds !
Mh.o.s.a.

QUI VOUS ACCUEILLE M'ACCUEILLE!

Mt 10,40

Voici que je vous envoie comme des brebis au milieu des loups.
Mt 10,16
P

Soyez prudents
comme les serpents

et simples
comme les colombes.
Mt 10, 16
?

Et quand on vous livrera aux tribunaux
ne vous inquiétez pas
de ce que vous aurez à dire
pour votre défense :
c'est l'Esprit Saint
qui vous l'enseignera
à ce moment-là.
Mt 10,19
AVO-CAT

VOUS SEREZ HAÏS DE TOUS À CAUSE DE MON NOM !

Mt 10,22

Celui qui se tient
sur la "montagne".....
et elève la voix
est plus exposé
à être pris pour cible.....

proclamez-le sur les toits... Mt 10,27

VOUS AVEZ REÇU GRATUITEMENT

DONNEZ GRATUITEMENT !

Je vous ai donné le pouvoir
de fouler aux pieds
les serpents
et les scorpions.

RIEN
NE POURRA
VOUS NUIRE !

Lc 10,17

N'AYEZ PAS PEUR !

Même vos cheveux
sont comptés.....

Mt 10,30

JEAN
JACQUES
MATTHIEU
PIERR
RÉJOUISSEZ-VOUS
parce que vos noms sont inscrits dans les cieux
Lc 10,20
J
A
P

Etre proches de Jésus,
Le suivre,
c'était une aventure passionnante.
Ce n'était pas à la portée
du premier venu !

Elles étaient dures ses exigences
- il fallait du courage
et une étoffe de combattant -
mais comme elles nous attiraient,
et pas seulement nous, les Douze :
maintenant c'était une foule
qui marchait à sa suite !

A LA SUITE DE JÉSUS....

ABANDONNE TOUT

Ta sécurité,
ton efficacité,
...... tes raisonnements........

Jésus lui répondit :
« Les renards ont des tanières
et les oiseaux du ciel des nids,
mais LE FILS DE L'HOMME, LUI,
N'A PAS OÙ REPOSER SA TÊTE. »

Lc 9,58

QUICONQUE
A MIS LA MAIN
À LA CHARRUE
ET REGARDE EN ARRIÈRE...
N'EST PAS
FAIT POUR
LE ROYAUME.
LC 9,62

LAISSE LES MORTS ENTERRER LEURS MORTS....
Lc 9,60

Si quelqu'un
veut venir à ma suite,
qu'il se renie lui-même,

QU'IL PRENNE SA CROIX...

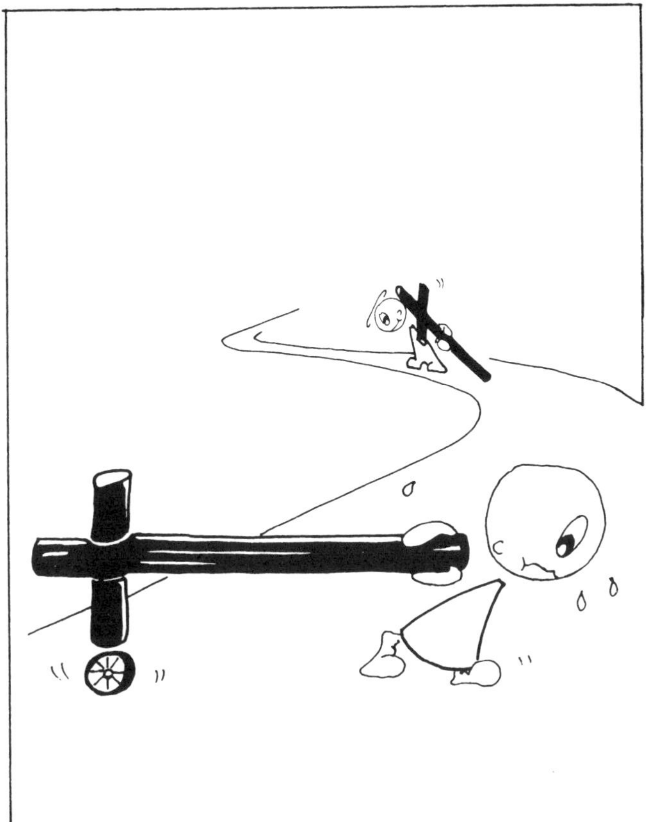

... ET QU'IL ME SUIVE...

AIME
TA CROIX !

Celui qui ne voit pas
le bout de son chemin,
qu'il s'attache à la CROIX
et elle le portera.

S. AUGUSTIN, Com. Jn 2,2

QUI PERDRA

sa vie
à cause de moi
la trouvera !

Mt 16,25

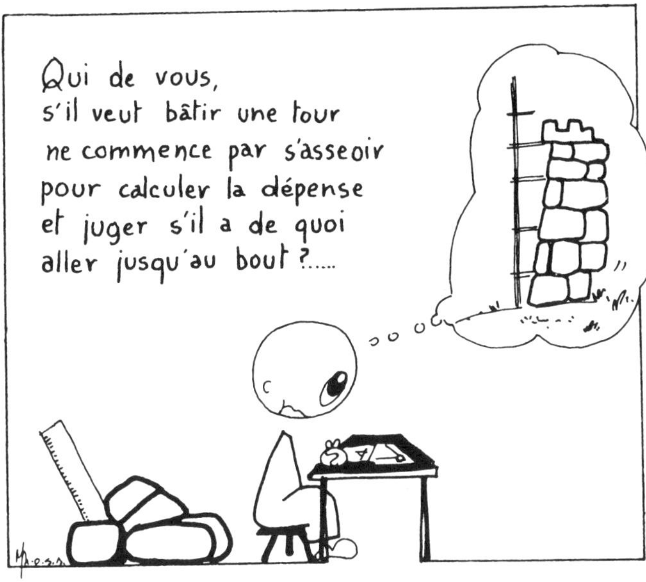

AINSI CELUI QUI NE RENONCE PAS
À TOUS SES BIENS
NE PEUT ÊTRE MON DISCIPLE.

Lc 14,33

IL Y EN A UN QUI A DIT NON...

Mais lui, à ces mots, s'assombrit
et s'en alla tout triste
car il avait de grands biens...

Mc 10,22

ALORS JE LUI DIS :
Voici que nous avons tout quitté et T'avons suivi ; qu'en sera-t-il pour nous ?
P
J
A
QUICONQUE AURA QUITTÉ SA MAISON, SON PÈRE, SES FRÈRES OU... SES CHAMPS À CAUSE DE MON NOM RECEVRA LE CENTUPLE ET... LA VIE ÉTERNELLE !
Mt 19,29
Au suivant !

C'est sûr !
parfois nous étions tentés
de tout planter là !...
.... et moi, en particulier...

SEIGNEUR
TA PAROLE
EST
TROP DURE !
Jn 6, 60
P

Voulez-vous partir vous aussi ?

SEIGNEUR,
À QUI IRIONS-NOUS ?
Toi seul as les paroles de la vie éternelle !
Jn 6,68

UN JOUR...

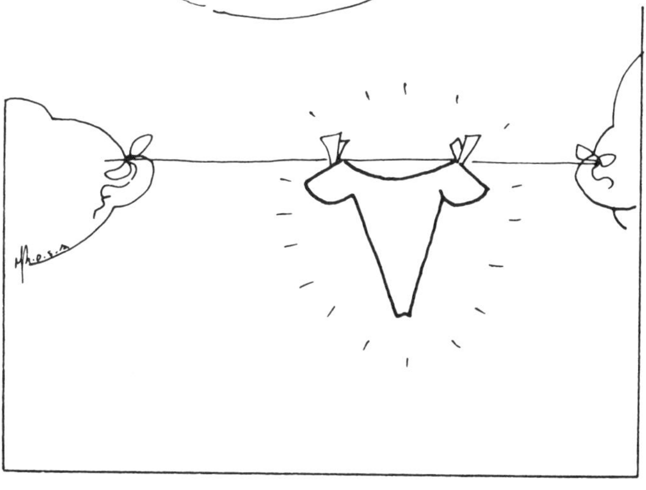

Qu'il est bon d'être ici ! Dressons trois tentes...
Mc 9,5
P
J
Jc

MAIS...

DESCENDS, PIERRE !

Tu aspirais au repos sur la montagne,
mais non !
Descends !
Descends sur terre pour travailler,
pour servir,
pour être méprisé,
pour être crucifié.

S. AUGUSTIN, Discours 78, 6

Je suis descendu
et je me suis remis
à travailler avec les autres,
à servir, à prêcher....
mais Jésus nous avait enseigné
le secret de sa force :
LA PRIÈRE
M
P

SEIGNEUR,
APPRENDS-NOUS
A PRIER....
Lc. 11,1

Quand tu veux prier,
entre dans ta chambre,
ferme la porte

ET PRIE TON PÈRE
QUI EST LÀ, DANS LE SECRET.

Mt 6, 6

NE VOUS LASSEZ PAS DE PRIER car :
A celui qui demande on donnera,
celui qui cherche trouve,
à celui qui frappe on ouvrira ....
Mt 7,8

LA OÙ
DEUX OU TROIS
SONT RÉUNIS
EN MON NOM,

JE SUIS
AU MILIEU
D'EUX.

Mt 18, 20

Mais,
par-dessus tout,
Jésus exigeait de nous
qui vivions
avec Lui :

une FOI INÉBRANLABLE

... PURE
ET INTRÉPIDE !!!

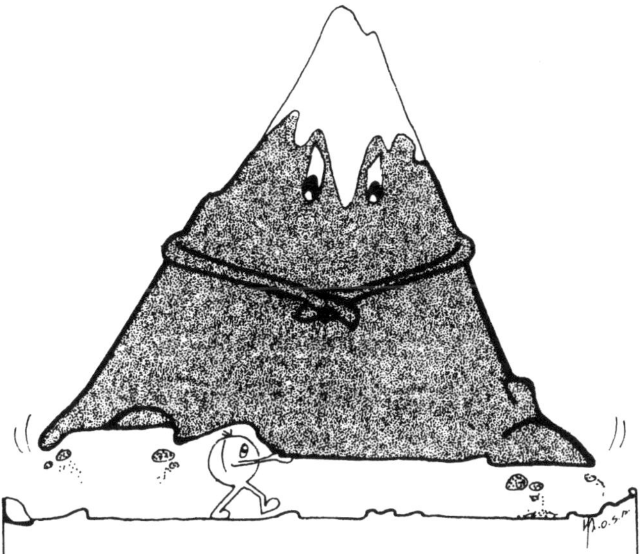

Si vous aviez de la foi
gros comme un grain
de moutarde,

vous pourriez déplacer
les montagnes ....

Mt 17, 20

Si vous aviez de la foi
gros comme un grain de moutarde,
vous pourriez dire
à ce sycomore :
« Déracine-toi.....

...... et jette-toi dans la mer ! »

Lc 17, 6

SAUVE-NOUS SEIGNEUUUR!!
OÙ EST VOTRE FOI?

une
CONFIANCE
SERENE.....

A CHAQUE JOUR
SUFFIT
SA PEINE !

Mt 6, 25-34

REGARDEZ LES OISEAUX DU CIEL

ils ne sèment ni ne moissonnent....
et votre Père céleste les nourrit....

Mt 6,26

REGARDEZ LES LIS DES CHAMPS :

Ils ne travaillent ni ne filent...
et pourtant Salomon,
dans toute sa gloire,
n'était pas vêtu comme l'un d'eux !

Mt 6,22

Mais,
par-dessus tout,
Jésus voulait
l'AMOUR
Ph.O.S.A.

JE VOUS DONNE
UN COMMANDEMENT NOUVEAU :

AIMEZ-VOUS LES UNS LES AUTRES

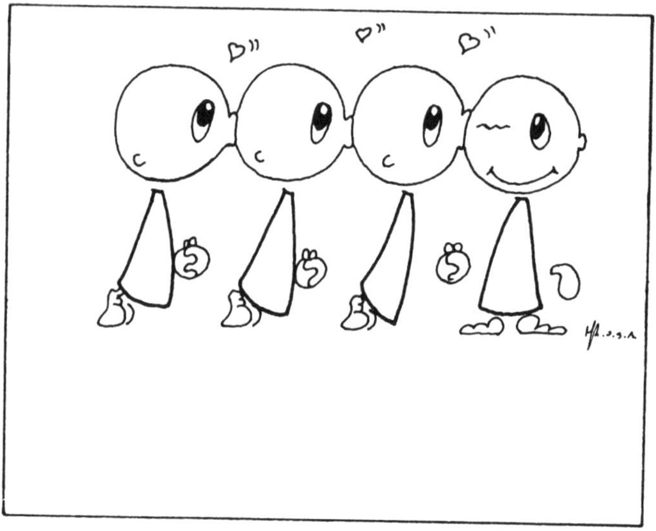

A ceci
tous reconnaîtront
que vous êtes mes disciples !.........

Jn 13,35

IL N'Y A PAS
DE PLUS GRAND AMOUR QUE DE

DONNER SA VIE
POUR SES AMIS

Jn 15,13

... DE MÊME

si le grain de blé
ne meurt,
il reste seul,...

ET.....

NOUS SOMMES DES SERVITEURS INUTILES

Lc 17, 10

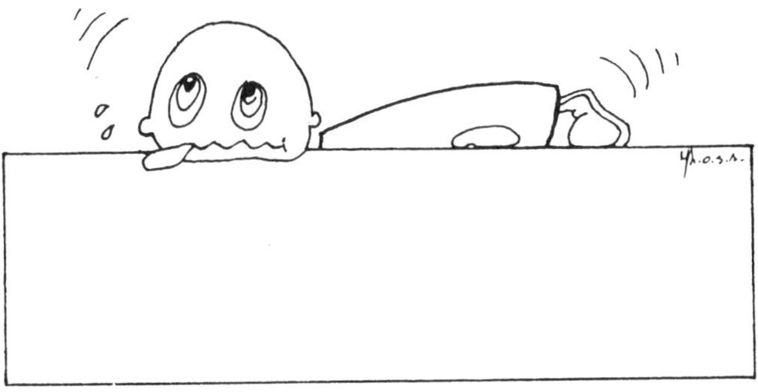

DE TEMPS EN TEMPS... POUR NOUS REMETTRE EN FORME...

Aucun de nous
n'avait jamais entendu personne
parler comme Jésus.
Son message donnait
une grande envie
de vivre...
On apprenait
une sagesse nouvelle
qui donnait sens
à la vie !

JE TE BÉNIS, O PÈRE,
D'AVOIR CACHÉ CES CHOSES AUX SAGES ET AUX INTELLIGENTS ET DE LES AVOIR RÉVÉLÉES AUX TOUT-PETITS !
Mt 11,25
?

A vous
il est donné de connaître
les mystères du Royaume de Dieu,
mais pour les autres
c'est en paraboles afin

qu'ils voient sans voir
et entendent sans comprendre.

Lc 8,10

LE ROYAUME DES CIEUX

....il est semblable

à un marchand
qui va à la recherche
de perles précieuses ;

quand il en a trouvé une
de grande valeur,
il part,
vend tout ce qu'il possède
et il l'achète !

Mt 13,45-46

.... il est comparable

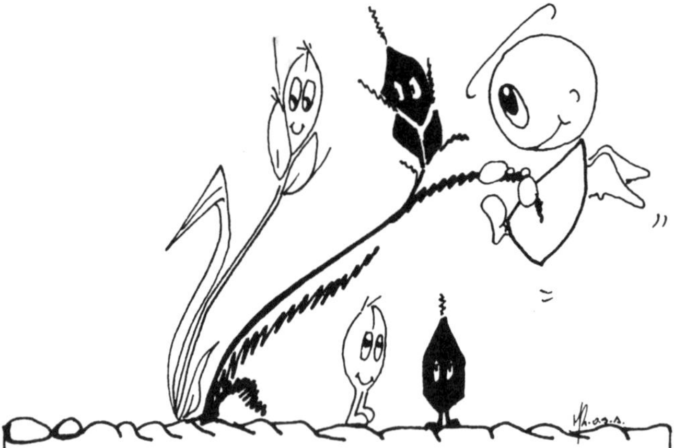

à un champ
où poussent
du bon grain
et de l'ivraie.....

cf Mt 13,24

Toute plante
que n'a pas plantée
mon Père céleste
sera arrachée.

Mt 15,13

LE ROYAUME DES CIEUX

..... est comparable

à un homme qui est sorti pour semer :

celui qui
ne comprend pas
la Parole de Dieu
est comme le grain tombé
au bord du chemin ......

le grain tombé dans un terrain
pierreux
est comme celui
qui est sans
racine, inconstant....

le grain tombé
dans les épines
est celui qui écoute
la Parole de Dieu,
mais est étouffé
par les soucis du monde....

le grain tombé
dans la bonne terre
est celui qui écoute
la Parole de Dieu,
la comprend
et porte du fruit......

cf. Mt 13,18

....
SEIGNEUR,
tu m'as confié cinq talents ;
voici, j'en ai gagné
cinq autres ....
SEIGNEUR, tu m'as confié deux talents ;
voici j'en ai gagné deux autres ......
SEIGNEUR, tu m'as confié
un talent ; j'ai eu peur
et je l'ai enterré ....
À CELUI QUI A,
ON DONNERA
ET À CELUI QUI N'A PAS,
ON RETIRERA MÊME
CE QU'IL A.
Mt 25,29

CELUI QUI ÉCOUTE

mes paroles
et les met en pratique
est semblable à un homme sage
qui a bâti sa maison
sur le roc.

Mt 7, 24

CELUI QUI ÉCOUTE

mes paroles
et ne les met pas en pratique
est semblable à un homme insensé
qui a bâti sa maison
sur le sable ......

VEILLEZ !

Parce que vous ne savez pas
le jour
où le Seigneur viendra.

Mt 24,42

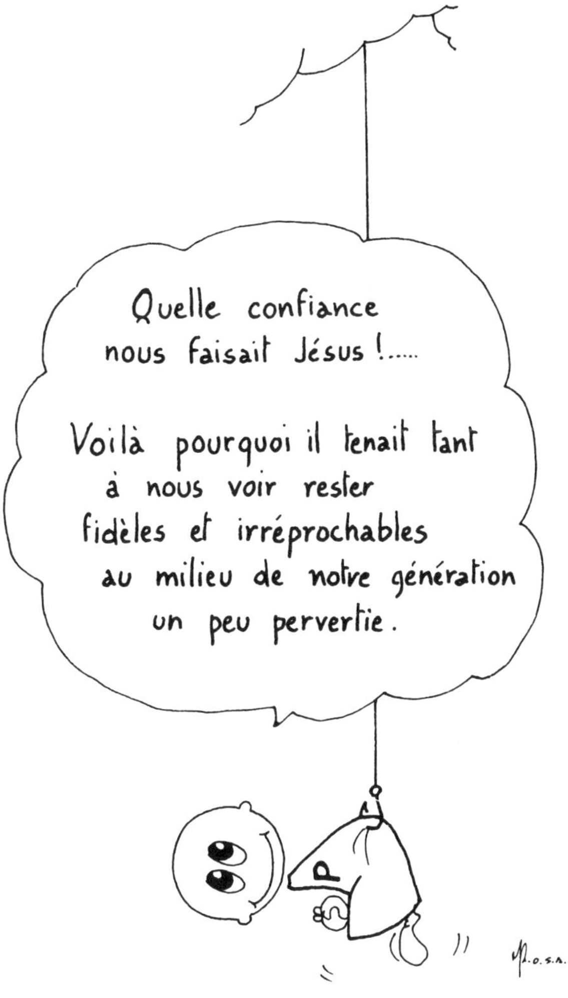
Quelle confiance nous faisait Jésus !.....

Voilà pourquoi il tenait tant à nous voir rester fidèles et irréprochables au milieu de notre génération un peu pervertie.

VOUS ÊTES LE SEL DE LA TERRE

Mt 5, 13

VOUS ÊTES LA LUMIÈRE DU MONDE

Mt 5,14

La lampe du corps, c'est l'œil,
si ton œil est sain
tout ton corps sera dans la lumière ;
mais si ton œil est malade,
tout ton corps
sera dans les ténèbres.

Mt 6,22

QUI ME SUIT...

NE MARCHERA PAS DANS LES TÉNÈBRES.

Jn 8,12

Quelquefois
nous avions envie
de penser un peu à nous....
mais Lui, jamais !.....
Il fallait toujours être attentifs
aux besoins des autres....
comme Lui !

VENEZ A MOI

et moi,

JE VOUS SOULAGERAI.

Mt 11,28

CELUI QUI A SOIF

Seigneur, combien de fois dois-je PARDONNER à mon frère ? ...Jusqu'à 7 fois....

Je ne te dis pas jusqu'à 7 fois mais jusqu'à 70 fois 7 fois...
Mt 18,21

De la mesure
dont vous mesurez,
on mesurera pour vous....

Mt 7,2

A celui qui t'enlève
ton manteau
ne refuse pas
ta tunique.

Lc 6,29

Si on te frappe
sur la joue droite,
présente encore l'autre joue.
Mt 5,39

Attention !
Ne te trompe pas !

AIMEZ
VOS ENNEMIS.
Mt 5,44

IL Y AURA
PLUS DE JOIE AU CIEL
POUR UN PÉCHEUR QUI SE
CONVERTIT que pour 99 justes....

Lc 15,7

Il était TRÈS EXIGEANT.
Mais nous Le suivions
avec passion
justement à cause de cela.
Nous nous sentions lancés
dans une merveilleuse
aventure .....

Entrez
par la porte étroite
qui conduit
à la vie.....

Mt 7,13

BEAUCOUP
SONT
APPELÉS
mais peu sont élus ......
Mt 14,22

RENDEZ À CESAR ce qui est à César...

Pour César les pièces de monnaie,
et vous-mêmes pour Dieu.
Ainsi sera reproduite en nous la vérité.

S. AUGUSTIN, Com. Jn 40, 9

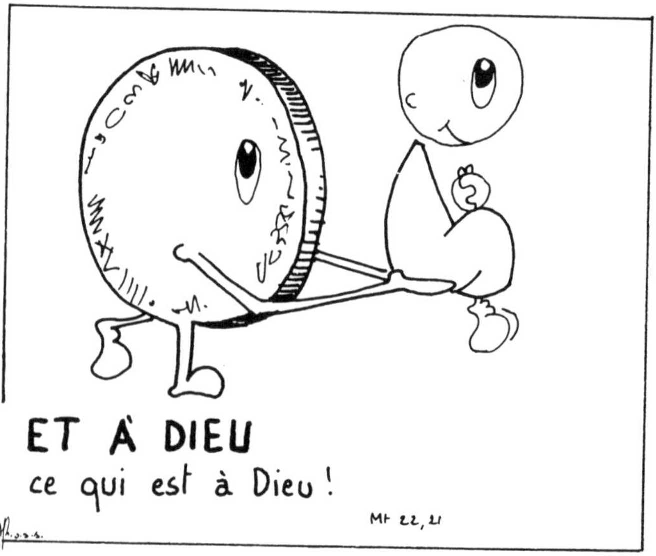

ET À DIEU ce qui est à Dieu !

Mt 22, 21

VOUS NE POUVEZ SERVIR

DIEU

ET MAMON

Mt 6, 24

Il est plus facile
à un chameau
d'entrer par le trou d'une aiguille...
$
.... qu'à un riche
d'entrer dans le Royaume de Dieu.
Mt 18,25

SEIGNEUR, S'IL EN EST AINSI....

Il y a
deux choses surtout
que Jésus ne supportaient pas:
l'orgueil
et **le mensonge**
qui, d'ailleurs,
ne font qu'un.

DE VOUS J'EXIGE LA SINCÉRITÉ....

Quand vous parlez,
dîtes :
« OUI, OUI ; NON, NON »

Tout le reste
vient du malin.....

Mt 5,37

Si ton œil droit
est pour toi occasion de chute,
arrache-le
et jette-le loin de toi......
Mt 5, 29

et si ta main
est pour toi occasion de chute,
coupe-la
et jette-la loin de toi.....
Mt 5, 30

MIEUX VAUT

que périsse un seul de tes membres
que tout ton corps !

Mt 5,30

ATTENTION .....

celui qui scandalise
un seul de ces petits....
il vaudrait mieux qu'il.....

Mt 18,6

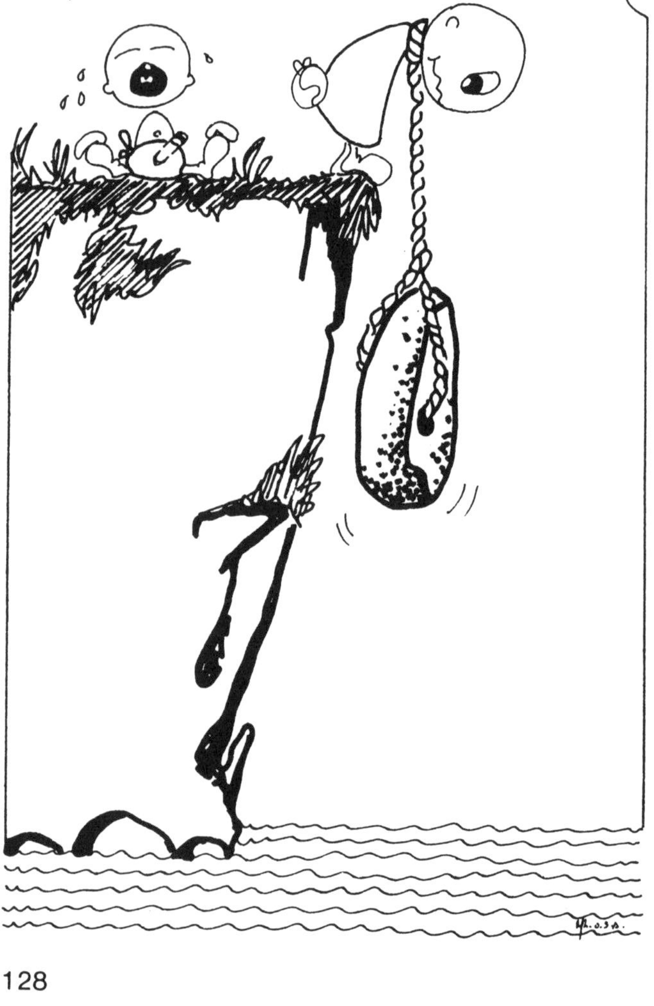

MÉFIEZ-VOUS DES PHARISIENS....

ILS DISENT
ET NE FONT PAS.

Ils lient de pesants fardeaux
et les mettent sur les épaules des gens,
mais eux, ils se refusent à les remuer
même du doigt...

Mt 23, 3-4

MALHEUR À VOUS…

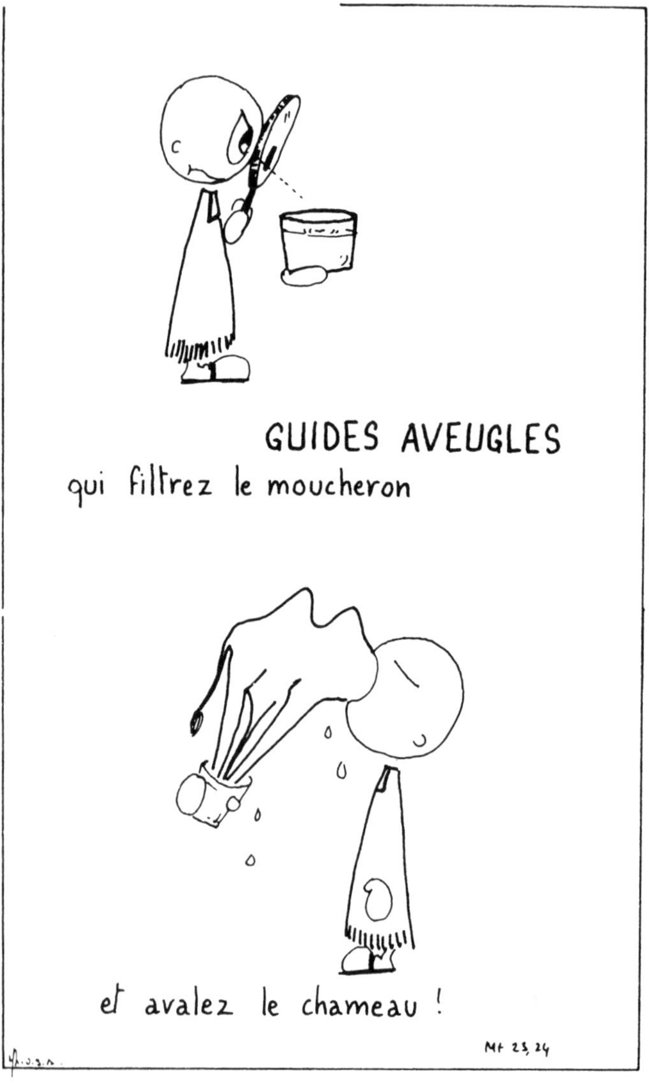

MALHEUR À VOUS...

scribes et pharisiens hypocrites,
qui nettoyez l'extérieur
de la coupe et du plat

alors que l'intérieur
est rempli de rapines et d'impuretés

Mt 23, 25

MALHEUR À VOUS...

Mais il y a une chose que Jésus aimait par-dessus tout, c'est :
l'HUMILITÉ
Peut-être parce que les humbles lui ressemblaient davantage et le laissaient faire en toute confiance.

PRENEZ SUR VOUS MON JOUG

ET APPRENEZ DE MOI
QUE JE SUIS
DOUX
ET HUMBLE DE CŒUR...

Mt 11, 29

MON JOUG
EST FACILE À PORTER
ET MON FARDEAU
LÉGER....

Mt 11,30

SI QUELQU'UN VEUT ÊTRE

LE PREMIER....

QU'IL SOIT LE DERNIER

DE TOUS

ET LE SERVITEUR

DE TOUS !

Mc 9,35

QUI S'ÉLÈVE.....
SERA
ABAISSÉ,

QUI S'ABAISSE....
SERA
ÉLEVÉ
Mt 23,12

L'HUMILITÉ EST LA PREMIÈRE MARCHE

Quelquefois
nous étions jaloux
les uns des autres.

Ceux qui avaient rejoint
Jésus les premiers
voulaient savoir
si on en tiendrait compte.

Au fond, nous voulions savoir
QUI DE NOUS ÉTAIT
LE PLUS GRAND....

MAIS ALORS
JÉSUS NOUS DIT :

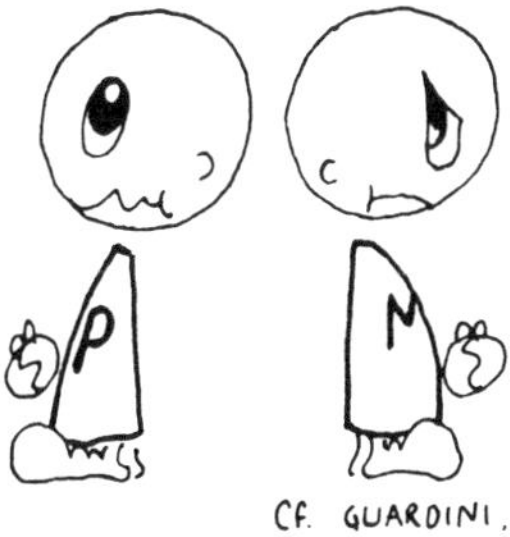

Cf. GUARDINI, « Le Seigneur »

QUE LE PLUS GRAND

PARMI VOUS
SE COMPORTE
COMME LE PLUS PETIT.

Lc 22, 26

QUICONQUE SE FERA

PETIT

COMME UN ENFANT

SERA

LE PLUS GRAND

DANS LE ROYAUME

DES CIEUX

Lc 9, 48

LAISSEZ
venir à moi
les petits enfants!
Mt 19, 14

AU SECOUUURS..
Il l'a cherché!..

ROYAUME DES CIEUX

SI VOUS NE DEVENEZ COMME DES ENFANTS...

.... vous n'entrerez pas dans le Royaume des Cieux.
Mt 18,3
Il ne manquait plus que ça !...

RESTEZ
ENRACINÉS
DANS LES PAROLES
QUE JE VOUS
AI DITES
JUSQU'À PRÉSENT...

cf. Jn 8,32

et la VÉRITÉ

VOUS RENDRA LIBRES !!

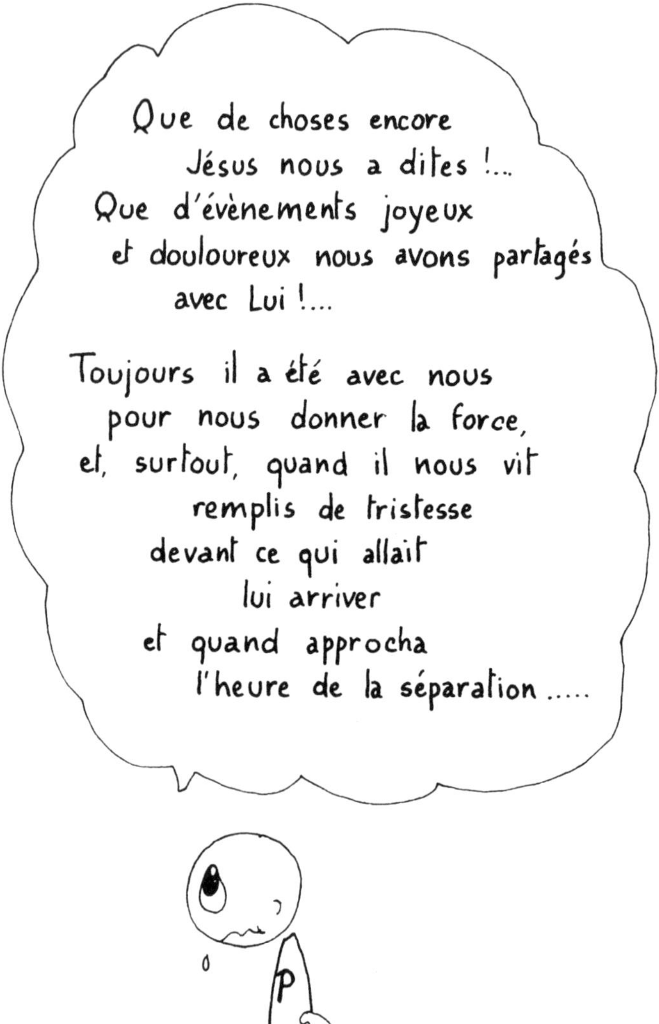
Que de choses encore
Jésus nous a dites !...
Que d'évènements joyeux
et douloureux nous avons partagés
avec Lui !...
Toujours il a été avec nous
pour nous donner la force,
et, surtout, quand il nous vit
remplis de tristesse
devant ce qui allait
lui arriver
et quand approcha
l'heure de la séparation .....

HOSANNA
HOSANNA
HOSANNA
À JERUSALEM

Si eux se taisent
les pierres
crieront !...
Lc 19,40
HOSANNA...

L'ADIEU....

JE NE VOUS
LAISSERAI PAS
ORPHELINS,

JE REVIENDRAI

Jn 14,18

QUE VOTRE CŒUR
NE SE TROUBLE PAS.

Jn 14,27

DEMEUREZ EN MOI......

JE SUIS
LA VIGNE,
VOUS ÊTES
LES SARMENTS.

Celui qui demeure en moi
et en qui je demeure
porte beaucoup de fruits,
car EN-DEHORS DE MOI
VOUS NE POUVEZ
RIEN FAIRE !!!

Jn 15,1

EN CE MONDE
VOUS AUREZ DES ÉPREUVES...

L'HEURE EST VENUE

Père ....
la gloire
que tu m'as donnée,
je la leur ai donnée
pour qu'
ILS SOIENT
UN
COMME
NOUS SOMMES UN.

Jn 17, 22

TOUT EST ACCOMPLI

Jn 19,30

Pierre
avait renié Jésus,
et pourtant il l'aimait.

Sa présomption
l'avait élevé.
Son reniement
l'avait humilié.
Ses larmes
l'avaient purifié.....

Il fallait en effet
que, d'abord, le Christ mourût
pour le salut de Pierre,
pour que Pierre,
à son tour,
puisse mourir
pour l'Evangile du Christ.

VOICI LE MOMENT, PIERRE,

où tu ne dois plus craindre
la mort
parce qu'il est vivant
celui dont tu pleurais la mort...

Maintenant qu'il a payé
le prix pour toi,
tu peux **SUIVRE**
Ton Rédempteur,
et Le suivre sans réserve
jusqu'à la mort de la Croix.

S. AUGUSTIN, Comm. Jn 123,4

LE PREMIER JOUR APRÈS LE SABBAT....

Je courus au tombeau et...

Lc 24,1

LA PLUS GRANDE JOIE
DE MA VIE :

Je m'en retournai chez moi,
tout émerveillé !

ET IL FUT ENLEVÉ AU CIEL ...

Jésus est monté au ciel,
avec Lui que monte aussi
notre cœur !...

S. AUGUSTIN, Discours sur l'Ascension

LA PENTECÔTE

... POUR NE PAS NOUS LAISSER SEULS...

ALLEZ
DANS LE MONDE ENTIER
ET PROCLAMEZ
L'ÉVANGILE

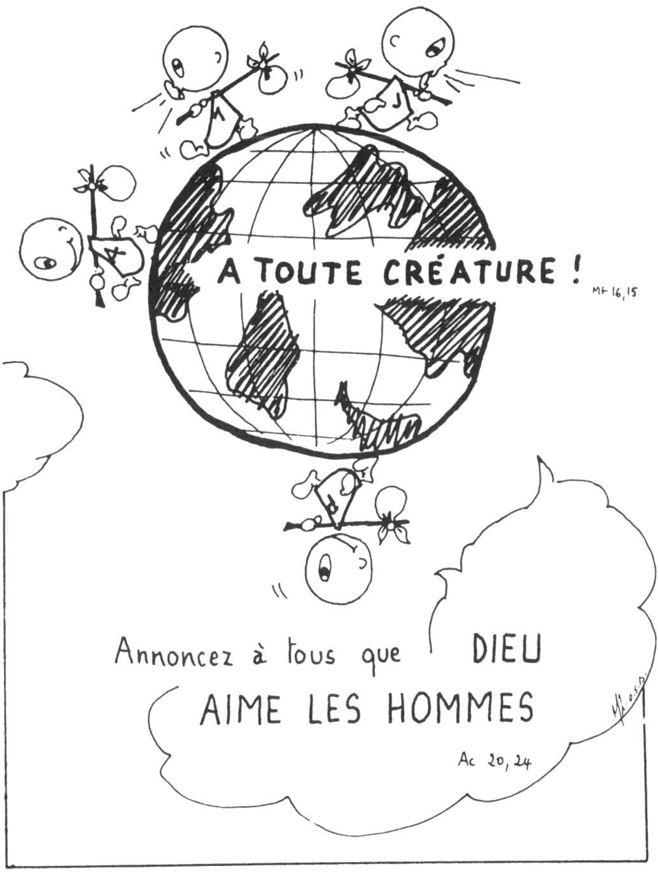

LE CIEL ET LA TERRE
PASSERONT,
MAIS MES PAROLES
NE PASSERONT PAS.
Mt 24, 35

VOICI
QUE JE SUIS
AVEC VOUS
TOUS
LES JOURS
JUSQU'À
LA FIN
DU MONDE

Mt 28,20

COURAGE....

JE SUIS
DE
TON CAMP

TABLE DES
MATIERES

TABLE DES MATIÈRES

Imprimerie MAULDE ET RENOU - 144, rue de Rivoli, 75001 PARIS